U0665221

好久不见！

I love you!

献给亲爱的母亲

波儿 著

我把愿望放在你那里

南方出版传媒
花城出版社
中国·广州

## 图书在版编目（CIP）数据

我把愿望放在你那里 / 波儿著. -- 广州：花城出版社，2019.3（2019.5重印）
ISBN 978-7-5360-8826-9

Ⅰ．①我… Ⅱ．①波… Ⅲ．①诗集－中国－当代
Ⅳ．①I227

中国版本图书馆CIP数据核字（2019）第037467号


出 版 人：詹秀敏
责任编辑：陈诗泳
营销统筹：蔡　彬
特约策划：杨亚基
特约编辑：王　俊　李　楠
技术编辑：凌春梅
装帧设计：姚　敏　陈宇丹
图书插画：安豆莎莎

书　　名　我把愿望放在你那里
　　　　　WO BA YUAN WANG FANG ZAI NI NA LI
出版发行　花城出版社
　　　　　（广州市环市东路水荫路11号）
经　　销　全国新华书店
印　　刷　佛山市迎高彩印有限公司
　　　　　（佛山市顺德区陈村镇广隆工业区兴业七路9号）
开　　本　880毫米×1230毫米　32开
印　　张　8.125　2插页
字　　数　125,000字
版　　次　2019年3月第1版　2019年5月第2次印刷
定　　价　58.00元

如发现印装质量问题，请直接与印刷厂联系调换。
购书热线：020－37604658　37602954
花城出版社网站：http://www.fcph.com.cn

你如巍峨伫立没有凋残的大树

用美好，善良与无私释放出所有的深情

而我已是依偎在树上的一片小叶

从此，你那里是我圆梦的寄栖地

是人们欢欣安养的港湾

是梦的花园

——《猜一猜，我想对你说什么》

波儿（屈洪波），双鱼座。广东省作家协会会员。从事影视文化工作，策划人，制片人。著有诗集《与相识无关》《譬如此刻》，多篇诗作发表于《花城》《扬子江》《草堂》等刊物。代表作《花儿开的日子》《秋的漩涡》入选《2018 中国诗歌年选》；《父亲的车站》入选《2017 中国诗歌年选》。诗风清新自然，唯美浪漫，部分作品已谱曲成歌，作为影视剧的主题曲和插曲。

# 序
## 白昼绿成芳草梦

叶延滨

友人荐来一本即将在花城出版社付梓的诗集《我把愿望放在你那里》，希望我能读后写点文字。作者波儿我没有见过，在此以前她的诗也读得少。读了这本诗稿，真有些意外惊喜。诗人笔下的作品，文字优美，情调婉约。发乎内心的感受，优雅而随性的表达，在喧哗纷杂的市井般热闹的诗坛，拂过一缕清凉的风。这风带着绿叶和小草的呼吸，还送过几瓣刚从花枝上脱落的花。她不是一个凭借诗歌在这个世界上赢取名声的诗人，甚至可以断定，写诗只是她工作生活之余的爱好。自从有了手机和自媒体，今天的诗坛成了大众可以自由出入的竞技场。诗坛从来没有今天这般深入百姓，取得参与度空前的繁荣。诗坛也从来没有这般喧闹，为了争夺眼球，各式各样的弄潮儿，竞相标新立异，甚至不惜突破人们的审美底线，他们把诗坛也当成了杂耍名利场。

因此，当我读到这部诗稿，诗人波儿的诗歌就像她的诗作《飞花擦肩》，将久违的优雅诗意和浪漫情怀，呈现在我的面前："轻倚着薄暮斜阳/看飞花擦肩/从金黄到深红/填满整个秋天/你是否知道/夏天的故事还没有写完/你怎么能读懂/飞花的浪漫//独守这一程风景/看清凉的雨香/渗透每一叶落花的孤寂/你是否知道/谁都有曾经的一世繁华/也曾轻挽幽梦一帘/但是你怎么能读懂/在我眉宇之间/锁住多少弹指的流年/从没有去渴望/谁会惊艳谁的时光/因为我终会老去/像飞花一样倾尽一生的美/一梦长眠/也许再过一万年/那一瞥回眸/依然如阳光般的温暖//也许你终将读懂/我们曾经来过/如飞花擦肩……"这首诗让我们进入另一番天地，读着这首诗，我们忘记眼前的嘈杂雾霾，进入诗人精心营造的境界：天地之间，伊人独在，万千心绪，与君倾诉。在诗中我们能感受到诗人曾受到过的诗歌文化薰染，那些被李清照们梳理过的绿肥红瘦，在这里悄然化为飞花擦肩，清浅而又真切地拨动读者的心弦。

　　诗人波儿的许多作品,都是爱情诗。和历代优秀的女诗人一样，波儿的爱情诗细腻真挚，捧出了一颗为爱而跳动的心。真是欲问天下情为何物，竟让世世代代的杰出诗人写出万千歌哭诗行！与凄凄切切的李清照们相比，波儿的婉约之诗，更有另一番情怀，那就是"也许再过一万年，那一瞥回眸，依然如阳光般温暖"。是的，波儿的诗歌情怀，依然浪漫温柔，更多了真挚温暖，多了大度与自信，也就凭添了几分珍爱与珍惜："相遇最美的落日/缠绕在天边/开出醉色的橘红，辉煌斑斓/如同三月里的潮暖/与相思汇合/结出岁月的沉香，沁入心田//是谁，将柔情攥入掌心/小心翼翼，研成一池相思的墨/洒满一舟情深爱语/是谁，和着夕阳下的平仄/蜜意缱绻，把岁月里的怀念/写出摇曳葳蕤的诗行//蘸着橘红的醉意/我舒展，恰到好处的温婉/荡漾着心中的婀娜/就让这份美，沉入心底吧/把她融成绝句/趁着光阴未老，浅声吟唱……"诗人将曾经的爱恋化为珍惜，珍藏进一行行诗句，这些真心表露之珍藏之爱，通过诗歌温暖着读者的心。这大概就是新女性奉献给时代的新诗意：真挚、温暖、自信、大度。爱情之光曾经照亮过生命，这生命也用诗篇点燃她的读者。

在对当代女诗人的研究中,有一种误区,有的论者以女性主义为唯一的方向,以观念的解放与书写的大胆给予掌声与赞许。这在社会学意义上也许不无道理。然而，更应该从美学意义上深入地了解当代女诗人精神世界的崭新风貌。波儿在婉约典雅的诗歌风格中，透出的明亮温暖的情调，自信大度的胸襟，体现了当代杰出的女性对命运有了全新的觉醒。《我想，我需要一盏灯》就是一首值得关注的诗篇，在诗中，诗人是燃灯者，为平庸的日子找到希望。而点燃光明的诗人，也是在不断追求内心的光芒和慈悲："没人知道/繁星被谁人偷走/清冷的月又被谁人收藏/所以我向着半睡的夜伸出双手/告诉她/我需要一盏灯/我需要光明/哪怕指间狭窄的缝隙/那一点点微光/我想，我知道//这一粒微不足道的光/能划破黑夜里/秘密的全部//我想，我会/忘记所有的难过/用善良包容不必直视的丑陋/不奢望能看到风景/不奢望天涯陌路的尽头/我想,我会/托起所有的思绪/唤醒沉睡中的魔咒/跨过岁月的蹉跎/即使我们前行在黑暗之中/有徘徊有交错，也许/我们只需要慢慢而又沉着地经过/何必在乎命运的嬉笑和折磨/我想，我需要一盏灯/我需要光明"对于生活，诗人是智者。对于命运，诗人是悟者。因此，作为一个优秀的女诗人，她又是一个引领读者的燃灯者。当然，诗人不是政治家，也不是哲学家，诗人对读者的引领，是美的感召与心灵的呼应。诗人波儿，在这部诗稿中，有许多诗作显示了诗人创造美的能力。如诗作《绣花裙》写得抒情而优雅，她在五行短诗中创造了美，表现了一个眼中有诗的人善于发现和欣赏日常之美："挂在阳台的绣花裙/风雨中摇摆/我始终没有摘下/直至后来/她充当了春天的旗帜"。这是一幅小品，呈现了寻常生活的细节之美。在写父亲的诗中，诗人描写了想象中重返家中的场景，营造了温馨的意境："这一夜/我回到曾经住过的老宅/跟家人一起/把小小的两间房装扮起来/彩色的墙纸，白色的墙裙/一串彩色的纸灯笼/像过节一样的喜庆//隔着门/我看见爸爸的影子/是爸爸，站在梯子上挂灯笼/激动，欣喜的酸楚/嘿，爸，爸爸，爸爸/我使劲地喊/他笑了，他站在梯子上笑了/一束光安静地洒在他身上/伟岸,神秘而又温暖/感恩，思念的力量/感恩，人间与天堂只在一梦之间/知道吗？爸爸他想家了，他回来了/他知道，我很想他/他知道，我已好多年没有喊爸爸了……"这首诗表现了诗人的叙事功底，在短短的几行诗中，将想象转化为场面，人物之间有了对话，心灵有了交流，像一幕短剧，在虚拟的世界中再现内心的真实。每个诗人应该都是独特的，不同的才华，交织多样而丰富的诗意。读此书稿，感知波儿对世界独特而敏锐的感知力。比如许多人都写过北京，写政治历史文化，写风光人情遗址，波儿笔下的北京，却退去了沉重的外衣，那只是一个曾经的家，只是色彩和温度："这里是北京/她被几场秋雨宠坏了/清凉的微风/透过窗口徐徐吹来/扫在脸上痒痒的//夜黑得那么快/未到零时已暗了灯火/都睡了/寂静和所有的安逸/凝结在空气里……"从绣花裙到北京城，从情人之恋到亲人之爱，诗人呈现了与众不同的美的感知与创造，多情浪漫的诗风典雅而温馨。

一个好的诗人是可以让读者接近的，一个优秀的诗人，她的作品应该是他的灵魂自白书。自古至今，诗人和小说家不一样，诗人是其作品的报情主人公。读者认定诗人写下的是其真实的道白。如果不是这样，纵有才华和绮丽的词藻，一旦读者感知打动他的那些情感，是虚构的，巨大的被欺骗感，会让读者避之不及。这是诗歌的一条铁律，但是今天许多诗人忘记了，他们在摒弃传统的抒情方式的同时，也往往把写作变成一种文字的炫技游戏。在他们的诗歌中，我们看不清诗人的面貌，更无法进入他们的内心。这本诗稿让我看后有惊喜之感，正是因为诗人用诗歌捍卫着自己内心世界的真实与无邪。一首首诗生动地展示了一个当代女性内心的美好与善良，这些诗篇共同勾画出诗人心灵的"心电图"。其中《风的女儿》就是诗人的自画像："我没见过风的模样/但是我感受过风/从轻柔到热烈的哼鸣/看着风掠过枝头/树的风姿/从舒缓到婆娑旋舞//我还看着风吹着翻卷的云朵/由近到远，很远/由低到高，很高/真的，我来不及采摘//我没见过你的模样/但是我可以/把自己化作一棵树，一片云/于天地之间/千年不朽/等候着和你相遇/于是我终于，终于等到了你/天使般的模样/天使般的翅膀/带着我听不懂的音乐/摇着我放空的身体从安静到沸腾//于是我们心贴着心/一起上路/一起离开又从沸腾到安静/人们都知道/你是风的女儿……"在这首诗中，风、云朵和树，三组意象的交织、转换、呼应、渗透，让一个自由而舞蹈的灵魂生动地浮现在读者面前！

诗歌在今天越来越平民化了，手机和自媒体的时代，每个人都可以用诗来表达自己。因此，在多样化的诗坛，更需要有修养和追求的人们坚守诗歌优雅高贵的品格。读毕这部诗稿，虽然作品水平起点较高，但在诗歌技巧和语言掌控方面，诗人还需进一步琢磨提高。

诗人写作的态度真实感人，诗人写作的势态自信优雅，诗歌的品格高洁脱俗，使我相信，诗人创作的前景十分值得期许。正如诗人的《向岁月致敬》："夜清清浅浅/怡香氤氲，捻梦为花/折叠起岁月的翅膀，辗转/走过红尘，轻吻昏睡的时光/花影翩跹，摇曳着万千思绪/搁浅了颦眉浅笑中的漫画风姿//一串串诗行如涓涓溪水/流淌在光阴的故事里/演绎着千年承诺的守望/一年，一岁，一岁，一年/弹指即成永恒/又有谁能逃出流年的网//即使容颜已渐渐变得模糊/即使岁月荏苒，世事沧桑/我们依然行走在路上/带着眷念，带着渴望/带着从容的微笑/带着未完成的梦想/感恩一切/失去的或者拥有的/用无悔的心/向岁月致敬"。是的，每一个真正的诗人，都是怀着向岁月致敬的初心，写下一篇篇为岁月留下擦痕的诗行。祝贺诗人这本《我把愿望放在你那里》问世，也愿浪漫诗人写出更多更好的诗篇奉献给读者和岁月。

是为序！

2018年6月于北京

叶延滨，著名诗人、散文家、批评家，曾先后任《星星》及《诗刊》主编，现任中国作家协会诗歌委员会主任

contents

辑
一

好
久
不
见

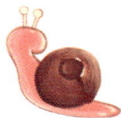

辑二

我想，我需要一盏灯

辑
四

细
水
长
流

或许，彼此

我们都已活成了岁月的样子

斑斓里，我数着手指

将一些细碎的惆怅

装进漫长的诗行

归来或又归去

悄悄的，岁月里的呓语

用一滴泪，浸透所有的思念

好久不见，你还好吗？


——选自《好久不见》

辑一

好久不见

# 邂 逅

轻轻抖落

被风掀起的尘土

闻着秋叶的脉香

寻一场光阴里的邂逅

你可曾听到

有一首歌

依然伴着有你的旋律

你可曾看见

清浅的笑靥

依然刻在轻扬的嘴角

梦醒的季节

心总会荡起一丝丝涟漪

即使月色

有一种萧瑟和寂寥

那又如何

# 飞花擦肩

轻倚着薄暮斜阳
看飞花擦肩
从金黄到深红
填满整个秋天
你是否知道
夏天的故事还没有写完
你怎么能读懂
飞花的浪漫

独守这一程风景
看清凉的雨香
渗透每一叶落花的孤寂
你是否知道
谁都有曾经的一世繁华
也曾轻挽幽梦一帘
但是你怎么能读懂
在我眉宇之间

锁住多少弹指的流年

从没有去渴望

谁会惊艳谁的时光

因为我终会老去

像飞花一样倾尽一生的美

一梦长眠

也许再过一万年

那一瞥回眸

依然如阳光般的温暖

也许你终将读懂

我们曾经来过

如飞花擦肩

# 淡淡的喜欢

桃花摇曳着月光
我看见思念的影子
唤醒了初心的印痕
轻轻触碰的思念
于指尖徘徊，缠绵

或许，记忆是一条柔软的线
牵动着尘封岁月里
情绪的回音
或许，离别太久
才会有久别重逢的喜悦
或许，思念太深
才会期待不期而约的遇见

思念向远方蔓延，很远
年华似水，轻流眷恋
或许，我可以留下思念的影子

等待你的擦肩

闭上眼睛，看见淡淡的你

那一种淡淡的喜欢

# 要么陌生，要么一生

终于邂逅
这场秋的寒凉
落英缤纷一地残妆
风吹起阵阵秋思的涟漪

是谁说过
要么陌生，要么一生
所以我执着地枕着秋意
为这个多愁善感的季节
种下纸笺的繁华
不在乎哀乐悲喜
只为一次轮回
一场精彩和极美的遇见

也许爱与被爱
思念与被思念
需要守望需要收藏

即使受过再多的伤痛

我们也不会看到

彼此忧伤的样子


心路悠远漫长

一如既往的安静

深深浅浅的回忆

随着斑驳的岁月

渐渐遗忘或是念念不忘

# 你那里的樱花开了吗

你说过
樱花漫天时
我们要一起去看樱花
那一条大道
我们要一起走
一起呼吸那里的空气
一起去看荷花发芽的春色

我这里的风儿
拍着春天的手
凤凰树抬起了头
紫金花开了又谢了
油菜花的金黄漫天
花花草草一茬接着一茬

郁金香开得像个酒杯
盛满春色

我醉了一次又一次

可我

怎得一个等字

恋恋不忘

三月了

你那里的樱花开了吗

# 朱砂

江上的风吹乱发丝
犹如吹皱一池春水，舒展着
波光粼粼的梦
如烟往事，彷徨与思念
在云端飘浮
于水中潜行

明明白白
陌上春色渐浓
循环着柔香的曲子
最美最暖
风姿摇曳的花瓣儿
披着新娘的嫁衣

谁都知道
你是风景中的那图画
我是你眉心的那粒朱砂

在你绽放的笑靥里

渐渐发芽

# 你说过，我们的爱情没有终点

怀抱里的缠绵

花开到斑斓

直到松开手

还有你的温暖

还没忘记

那时花开的模样

还没忘记

那时爱情的伤感

后来我才知道

我已经沦陷

总是放不下

对以往的留恋

放不下的幻想

等奇迹出现

原来我

还停留在温柔的从前

我们曾经的相恋

浪漫无边

所有美好的故事

曲折蜿蜒

哦，你知道

你是我爱的唯一

哦，我不知道

该如何忘记你

无奈的情缘

终被时间打败

空留下我

泪涌如泉的思念


就算我的心

已经伤痕累累

就算爱已到了

绝望的边缘

我宁愿

让时间静止倒回从前

我宁愿

让温暖搁浅你的臂弯

你说过

我们的爱情没有冬天

你说过

我们的爱情没有终点

## 让快乐泛滥成灾

我在心里
种下一座城堡
装满山水湖泊
繁花萦绕

再种下一个你
填满色彩的时光
安暖执守

让快乐
泛滥成灾

# 鸢尾花

在最浪漫的季节里
不能确定所有的日子
都是一如既往的美好
就像春天也会偶有沙尘的烦扰

静默无声而又湿润的眼泪
顺着左边眼角默默地滑向右边的眼睑
你左手紧紧攥着我的右手
就这样，我只是安静地
凝神仰望着你

或许，一切未知的结果
从那一刻开始
就让你在痛苦和焦虑的期待中煎熬
或许，浑然不觉一切的我
在那一刻却不知
你手中想攥住的是美好，是希望，是力量

于是，这个渺小的我
在未知的谜中，等待着
等你带来若狂的惊喜
等你用柔软，纯真和细致
把幸福划作永恒

或许，生命的过往
从无到有，从小到大，悲喜和坎坷
需要我们一起承载和担负
我们在路上，一起
经过风雨，浴洗尘埃
用喜怒哀乐堆积起来的时光
犹如一汪淡淡的清水

一切，一如既往的美好
一切，一如醉色的鸢尾花
于你，于我，于天地之间
从遇见到相守
平静淡泊，生死不弃

# 旧时光

（一）

勾勾手，一辈子

你悄悄咬着我的耳朵说

我是你一个人的玫瑰

趁着阳光和你都在

别错过太多的美好

（二）

时过境迁，浮光剪影的岁月里

回忆变成一座连接相隔的桥

像一首温暖的歌

与风儿和弦，与繁星交错

痴缠成绵

（三）

灯火正慢慢熄灭

思念在指尖默默穿行

随着钟摆摇到深夜

# 夜归的人

一梦花开
一梦花谢
一滴泪
顺着涓涓水流
淌去天涯

也许在天的某处
滴泪早已凝结成冰花
烙成红尘中的风景
等待

夜归的人
也许你
不再是匆匆过客

# 花儿开的日子

这一年，过得这么快
昨天的第一场春雪
来得又是那么慢，还那么矫情
一片片薄白，覆盖着之前的日子

心情突然变得美好起来
抖一抖窗前的小树
薄纱轻轻坠落
新绿的芽，几分羞涩，几分朦胧

我掰开手指
数着花儿开的日子
抬起头
眼中无尽的彩虹

## 凤凰花开

或许，五月的风是调皮的
总给人意想不到的惊喜
你看，她就这么
不经意地变换着节奏

火红跳跃的凤凰花
如蝶展翅的风姿
即使飘然落地，依旧壮丽凄美
或许，在下一个节奏来临之前
会有一种神秘的力量涌动，并将
蓄势待发

眷恋汩汩泉中流淌的风景
眷恋充盈的绿意随风起伏
如思念与离别，带着渴望的情绪
渴望再一次邂逅

刻下时光的剪影

记忆依然是那片火红

这一次，我要变换各种方向

踩着风的节奏

穿进你的梦境起舞

一步一步，从南到北，从西向东

## 淡淡的美好

行走在岁月的小径

一路蜿蜒

踩碎的心情

化成寂寥的细雨，缠绵

不再慌乱的时光里

暧昧已悄然尽散

时间沙漏般于唇齿间流失

有谁能忘却

年少轻狂的天真

拖手的满足

氤氲成斑驳的流年

谁的笔尖摇曳着思念

或许韶华已褪

或许不再轰轰烈烈

搁浅的曼妙

依然如初温暖

一如既往地云淡风轻

一如既往地细水长流

沉于心底的故事

已辗转成歌里的浪漫

关于你，关于我

淡淡的美好，安静无声

## 莲花正开

不在乎等你多久
相见的欢悦
已经渗透每一个角落
空气都是甜甜的味道

还是那样
舒卷开合的天真
还是那样
完美自足的欢乐
还是那样
热烈犹如即将倾泼的色彩
还是那样纯净
犹如水晶般的清澈

怎需过多的问候
一个灿烂的微笑
一双闪耀的眸

用一个紧紧的相拥
向所有人宣告

此时
莲花正开

# 透过你的双眼

这一路跌跌撞撞
不小心的我
走进你的心里
再也没有想着出去

透过你清澈的双眼
我看到过往的轮回
我看到了心的轨迹

于是
我闭上双眼
在有你环抱的气息里
轻轻地呼吸

于是
我在你的柔情里
化作蒙胧烟雨

随着季节的流转
随着风的方向
化作相思的云

# 关于你，关于未来

天黑了

雪依然在空中盘旋

纷纷扬扬铺满全城

秋千，晃啊晃啊

像风一样顽皮

就像小时候我们趣致的模样

这一次

我攒下足够的日子冬眠

做一个足够的梦

梦里有寂寞有思念

有这座城里没长大的童年

那时

我们曾一起出发

我们骄傲，我们轻狂

读不懂爱与温暖

读不懂孤独与冷漠

直到我们各自长大

又各自慢慢回归原点


今夜，雪

弥漫了这座城

城里的风景已变得陌生

晃啊晃啊

我坐在秋千上

写下一首诗

关于你，关于未来

# 不老的玫瑰

（一）

自然地

两条路重叠

我们就走到了一起

（二）

眼眸相对

如夜空的星星

彼此交汇，相互辉映

（三）

为你，还是为我

我们开设一场赌局

赌你，还是赌我

喜剧或是悲剧

（四）

你，是我的风景

我想，我该停下来

为你浇花淋水

守候这一世，不老的玫瑰


（五）

用烟雨形容相思

用无法忘记的梦形容

一世情缘


（六）

剪下苦涩的相思

找寻难忘的初心

那种快乐叫情窦初开

（七）

倾我一世痴迷

愿你还在来的路上

我等你

## 樱花船

又到了柳枝飘舞的季节
从冬到春，色彩斑斓
慢慢地，我向你的小窝摸索
靠近，再靠近
直到吻着你的额头

你的目光是温暖的
穿过层叠的花海
于樱雪般的帷幕里盘旋
羞涩，缠绵

远处，风和着香曲
爬上月亮
托起你的影子，飘啊
轻轻地
我折一只樱花船
沿着你的目光，飞啊，飞
日夜兼程

# 虔诚的月季花

我可以流连忘返吗
我可以再次惊叹吗
你看你
总是掩着含羞的脸
不忍心看到我
极度乞求奢望的目光

你终究是这么虔诚
绚烂多姿地开着花
洁白如雪
浓浓的柠檬黄
浅粉如胭
红得热烈似火

我的心跳
随着你的缤纷起伏
我变换着角度

欣赏你

风也在取悦

你和你的姊妹


而你

频频点头

用灿烂感恩致谢

用坚强绽放

如彩色的繁星

挂满一片天

# 好久不见

好久不见，我还记得
你那里秋天的色彩
归来或又归去，似水流年
曾经的青涩与明媚
依然保留在温存的记忆里

仰望天空
我在拼命地找寻
云朵飘过时，你留下的影子
那个踯躅的影子，温暖
如此近，又如此远

或许，彼此
我们都已活成了岁月的样子
斑斓里，我数着手指
将一些细碎的惆怅

装进漫长的诗行

归来或又归去

悄悄的，岁月里的呓语

用一滴泪，浸透所有的思念

好久不见，你还好吗？

## 彼此不能忘却的幸福

怎么，你说走就走

在风起的时候

飘摇的身姿如蝶恋之舞

也许你有千万种不舍

生离死别的痛

也许你在温暖与寒冷中交织着，

厮杀着

有着万般无奈的眷恋

我说，那一叶一叶的飘零

是满怀心事的忧郁

是清澈无谓的凄美

如同情人的眼泪

如同你微笑的影子

都怪记忆太深

时间太浅

我知道

你将在四季轮回中涅槃

也许我应该在满城金黄

还没褪去的时候

轻抚你飘落时的温度

收藏起彼此不能忘却的幸福

# 醉蝶花

是醉蝶花苏醒的时候了
粉白次第的娇艳
缤纷摇曳
又如蝴蝶翩翩，柔姿痴舞
演绎着一场短暂而绚烂的爱情
缠绵，似梦似醉

美醉了，凄美的婀娜
却有如午夜黄昏的昙花
美醉了，蜜意缱绻的蝶花之恋
是的，是爱恋
还有那么多的不舍

别介意生命的短暂
至少来过，爱过，化蝶蹁跹
染醉一段斑驳的岁月
或梦成灰，或随风飘散

# 无动于衷

夜无动于衷
风在此刻匿迹
即使在高处
那树的每一棵枝杈
依然纹丝不动

月亮
水和空气
仿佛一切都静止了
你是否听见
比如
那心
属于你的那颗
在偷偷地跳动

# 我的眼泪是涩的

如果有话没有想好
就不要说
什么都不要说
如果有梦还没做够
就不要醒
好的故事千万别错过

你说过爱走到哪里
都是甜的
为什么你还在我的梦里哭
路过了那么多
以为自己早就选择了遗忘
你却在白昼的思念里反复

都是错过的错
想好要说的话却没有说
都是醒来的错

想好要做的梦却没做够

爱的交错爱的路口

谁人能助

牵不住的手

怎能挽留

暖不热的心

怎能强求

你说过爱走到哪里

都是甜的

为什么我的眼泪

却是涩的

## 或许，我们不再相见

你可知道天涯路远
你可知道转身的瞬间
彼此就是永远
爱情湮灭不能复燃
时过境迁彼此成过客
我们各不拖欠

就像是一场未完成的战争
硝烟弥漫里寻找你串串脚印
那是爱情离别的方向
断不了的思量触还痛的伤
婆娑的泪眼无语凝咽的祭奠
那是你我爱情的誓言
那一场繁华而美丽的从前
化作红尘纷茫空留多少挂念

来吧，让我点燃一瓣带泪的烛火

焚尽一生一世相思的缘
唱一首离歌留一阕断章沉淀
或许，我们各不拖欠
或许，我们不再相见

没人知道

繁星被谁人偷走

清冷的月又被谁人收藏

所以我向着半睡的夜伸出双手

告诉她

我需要一盏灯

我需要光明

哪怕指间狭窄的缝隙

那一点点微光

我想，我知道

这一粒微不足道的光

能划破黑夜里

秘密的全部


——选自《我想，我需要一盏灯》

辑二

我想，我需要一盏灯

## 绣花裙

挂在阳台的绣花裙
风雨中摇摆
我始终没有摘下
直至后来
她充当了春天的旗帜

# 出嫁

出嫁之前
我妈教我做很多家务
清洁，做饭，洗衣服

出嫁那天
我爸平静地对我说
你走得太远
我们不能再照顾你
要好好做人妻
懂得谦让懂得宽容
好好过日子
再累再苦自己的路
我看着他红红的眼
哽咽

出嫁那天
我妈不说话

泪眼婆娑

我不敢抬头看她的脸

我知道我会哭


爸妈站在家的门口

只有还年少的弟弟

一声不吭

低着头

送我

## 爸爸

这一夜
我回到曾经住过的老宅
跟家人一起
把小小的两间房装扮起来
彩色的墙纸，白色的墙裙
一串彩色的纸灯笼
像过节一样的喜庆

隔着门
我看见爸爸的影子
是爸爸，站在梯子上挂灯笼
激动，欣喜的酸楚
嘿，爸，爸爸，爸爸
我使劲地喊
他笑了，他站在梯子上笑了
一束光安静地洒在他身上
伟岸，神秘而又温暖

感恩，思念的力量

感恩，人间与天堂只在一梦之间

知道吗？爸爸他想家了，他回来了

他知道，我很想他

他知道，我已好多年没有喊爸爸了

## 古老的化石

倚着半个月亮

呆望着窗影里的自己

抿一抿紧闭的嘴唇

想不起该对自己说些什么


早已听不到蛙鸣声了

只有风在不停地尖叫

两颗流星画着弧线

冲进一江稀疏的灯火里

清冷的涟漪

掀起独醒者的寂寞


睡吧，伴着

如同一首单曲的鼾声

交错着风声

做出一个环抱的姿势

告诉你，我不惧怕黑夜的冷

我会枕着依稀还清的梦
很长很长的梦
蒙胧的，现代的，柔情的
循环，复制，再循环

我辗转
桑田，荒芜，
灰沙的飞扬，
蔚蓝的缥缈
淡淡的一切
慢慢地，慢慢地消失
慢慢地，慢慢地我
睡成古老的化石

# 消失的背影

来不及多看你一眼
就要匆匆告别昨天
这不是我要的
不是我的幸福终点站

窗外的雨轻绵缱绻
多少不舍多少流连
你却越走越远
带走我未完成的心愿

背影
背影
越来越远
背影
背影
越来越远
变成小小的圆点

直到最后消失不见
来不及多看你一眼
就要匆匆告别昨天
我能渴求什么
明天将是我新的起点

# 我想，我需要一盏灯

没人知道

繁星被谁人偷走

清冷的月又被谁人收藏

所以我向着半睡的夜伸出双手

告诉她

我需要一盏灯

我需要光明

哪怕指间狭窄的缝隙

那一点点微光

我想，我知道

这一粒微不足道的光

能划破黑夜里

秘密的全部

我想，我会

忘记所有的难过

用善良包容不必直视的丑陋

不奢望能看到风景
不奢望天涯陌路的尽头
我想，我会
托起所有的思绪
唤醒沉睡中的魔咒
跨过岁月的蹉跎
即使我们前行在黑暗之中
有徘徊有交错，也许
我们只需要慢慢而又沉着地经过
何必在乎命运的嬉笑和折磨

我想，我需要一盏灯
我需要光明

# 一匹老马带着一匹小马

湖水在涨潮
漂上岸
绿意葱葱的树林在水里冒着头
我找不到曾经歇息的茶桌
看不见那顶雨棚

静悄悄的
一只安静的小船
深沉而又祥和的你
轻轻地在我眼前划过
心里傲挺的一束残荷
随着你手中滑动的木桨摇曳

前面看不见路
那里长满了杂草
披荆斩棘
这个词恰到好处的适合

我看见了

你劈开一条路

一条新路

那时

我跟在你的身后


一匹老马带着一匹小马

## 思念的印记

昨夜
我又放飞一个梦
如万盏飞花
于天地间沉浮

那是缘起于
一场相遇的开始
兜兜转转
经年过后
蓄满一池没有句号的故事
月下波光潋滟
美如霜染的白发

时光消瘦
留下所有的斑斓
躺在落叶之下
任凭风摇曳
摇曳着思念的印记

## 孤独，如黄昏的影子

孤独，如黄昏的影子

滚烫过胸口

或悲或喜

所有的思绪

辗转，翻卷

痛会颤动

痛会焦灼

被缘分折磨的人啊

放空着所有

忘记你，忘记他

忘记自我

无所谓风餐露宿

无所谓什么结果

即使我无力，我单薄

我依然把眸子

一次又一次投向远方
更远的远方

我是你曾经折叠过的影子啊
不如，请你把我流放吧
把我流放在心的某一个地方
我想，我可以蹒跚而行
向着这个多彩的世界
请你不要去触碰
我想，我也可以安静的沉睡
就像春天迟迟未醒

# 您走了那么远，却没有回程

亲爱的老爸

我一直在斑驳的光影里等

等待梦里的您

宽厚的臂膀

微笑的目光

可是

您走了那么远

却没有回程

多少无奈和忧伤

涂满思念的时光

记忆永远是崭新的

可是我却找不到

炫耀的理由

更没有机会攀比

只有怀念

亲爱的老爸
我的梦永远跟随着您
这一路很远，很远
是永恒

# 北边那条江

北边那一条
波光粼粼的江
静静流淌
依稀的帆影
摇曳着
别时的梦

稀疏的细雨
浸透岸边人的薄衫
风在轻轻地吹
阵阵清凉
惊醒了水中的霓虹

我看见
那晶莹的泪光

# 思念的轨迹
## ——写给我亲爱的老爸

（一）

故事每天都在发生

生命前行没有回程

只是突然的瞬间

您却让爱成为我的永恒

我措手不及

无法呼吸的痛

直至多年以后的永远

（二）

思念每天都在加重

爱深了心也会很疼

或许我只能孤独寂寞地等

等着千年之后的重逢

（三）

假如过往的列车

能载着您回家

我宁愿回到那曾经

曾经的瞬间之前

# 父亲，温暖的称谓

看得到您

却听不到您的声音

那黑暗尽头的光线

和您融成经久不息的画面

我仰起头看您

被光刺痛的眼，泪流绵绵

从来都没想过

那个属于我的温暖

那个属于我的声音

突然会走去更远的地方

只剩下被泪水淹没的名字

那个温暖的称谓

再也听不到那声再见

每天我都在做同一个梦

梦里百转千回

我写下所有思念和不舍
我画下记忆里所有的
您和您手中的温暖
我想，您能收到，能看到
您会欣喜

或许思念是我唯一的痛
即使千年之后的遇见
也不会改变
我想，我该深深地刻下
那个温暖的称谓
他是父亲

# 我是一个杀手
## ——写给天堂的父亲

一辈子做了一件后悔的事

再也无法弥补

您也无法知道

关于您的那些美丽的鱼

我要写信告诉您

让您清空所有的难过

打开不解之谜


其实不是我的错

那一场雨过于磅礴

连同空中的霾房顶上的泥浆

灌进树荫下的鱼缸

其实又是我的错

我太瘦小

拽不动那硕大的鱼缸

我不知道那些漂亮的金鱼

承受不住凶猛的雨水和泥浆的扫荡

那场景

那片狼藉

即使日子过了那么久

您那哀怨的眼神

也无法被遗忘淹没

从此以后，我再没有见过

那些销魂的龙井斗篷

黑色，墨蓝色，红色和金黄色

那些鱼死了，永远地死了

它们不会说话

它们没有眼睑也不会闭眼

它们永远瞪着我

恨我埋怨我

为什么不堵住天上的水

为什么不挡住房顶泻下的泥浆

为什么让它们的主人哀怨

我藏下了这个秘密

一直压在心底

到现在妈妈还不知道

门口的那株夜兰香

为什么夭折在我的手中

因为那些永不闭眼的鱼

那些之后的假如已经毫无意义

我做了杀手

所有的错误怪罪于那株夜兰香

于是门前空空如也的寂寥

鱼缸里盛满了杂物


那些鱼的死因

它们的主人永远都不知道

我是唯一的见证者

又是唯一的弱小的

一个无能为力的施救者

这个错误再也来不及弥补
我是一个杀手
十恶不赦
我要忏悔

# 薄雾临窗绣云烟

薄雾临窗绣云烟，
霜冷月清寒。
细草依风眠，
鸾鸟归巢，
菊色染纱帘。

又梦娉婷舞蹁跹，
不惧西风还。
谁为金花吟？
倾尽盏酒，
灯火近阑珊。

# 父亲回家的日子

今夜，是您回家的日子
灯晕笼罩着泛黄的照片，停格
梦与现实之间
您慈祥的微笑
呼唤我的名字的声音
环绕着我不眠的心跳

今夜，是您回家的日子
我看见，星光散落在江面
随风起伏于黑夜的胸膛
是思念的力量
在星辉斑斓里构成真实的您

今夜，是您回家的日子
在梦与虚无之间
期盼在湿润的夜里生长
多么美好，多么幸福

所有的欢畅，沉静而辉煌

我看见了啊，您披着星光

款款而来

## 海的那边

海的那边，有一只风筝
摇摆着挂在天空
午后的阳光云中徘徊
泪滴钻石般地闪

海的那边，我赤着双脚
把浪花捧在怀里
那是声声如潮的祈福
牵着所有的思念

面向着海，面向着天空
伸出温柔的双手
让我用爱和温暖拥抱
轻轻的一声问候
载满所有记忆的倒影
等待却如此悠长

海的那边，我孑然一身

海的那边，我不是归人

海的那边，有一只风筝挂在天空

海的那边，谁是追风的人

## 凡尘无染

此时
我最想造一个花园
里面种满月季
水池里的游鱼
枕着荷香
你来
绕过池边
像从梦中醒来

漂泊的心
沉默的眼睛
自由的花儿
梵音缥缈
迷惑中的恬静
禅香之下
一切凡尘无染

## 关于童年，关于那座雪山

那时的童年，那时的雪山
人声鼎沸，你追我赶
攀岩而上，滑行而下的欢乐
由近而远　时光啊
已是斑驳憔悴
你看啊，雪山周围的铁链
紧锁住老去的童年

柳树老得垂了腰
池塘里的青蛙
就这么一代一代地繁衍
月光于眼中
映出经年的皱纹
你听啊，遥远的人声
抹不去的痕迹，回忆里游荡

我在问风，问月，问水流

还能玩儿一次穿越吗

请带我回到童年

请带我回到陶然亭的那座雪山

# 一边救赎，一边长大

（一）

辗转成过往

注定成永恒

总有很多疑问

在你和我的身后

拼凑成曾经的残景

或许遥望相隔的经年

平行线中的交错

让我们一边救赎，一边长大


（二）

偷下一片天

用冰冷的指尖

拉下有星月和行云的帷幕

把眼泪悄悄掩盖

默默咀嚼素笺中的花飞花谢

（三）

给黑夜画一幅肖像

黑色，更黑

寂寞在冰冷中复苏

婴儿般的哭声

（四）

飞鸿过后的悲喜欢颜

可不可以在记忆里散去

光阴里的长长短短

可不可以一次写完

所有的故事

或许那色彩不再青涩

或许蒙胧中迷失自己

或许一错再错

## 这里是北京

这里是北京
她被几场秋雨宠坏了
清凉的微风
透过窗口徐徐吹来
扫在脸上痒痒的

夜黑得那么快
未到零时已暗了灯火
都睡了
寂静和所有的安逸
凝结在空气里

多久没回来了
我数着时间
眼睛也在打着架
只有贴在墙壁上的一缸 "红鹦鹉"
随着气压的水流

不知疲倦地翻转

游荡

不知道什么时候

窗外又响起了滴答滴答

秋雨的和声

# 嘿，老妈

（一）

嘿，老妈
儿时的我，是您的梦
现在的您，是我的梦


（二）

嘿，老妈
从您的长发到灰白的短发
从我的短发到现在的长发
时间都去哪儿了


（三）

嘿，老妈
您给了我一片天
您给了我一个世界

我会用生命捍卫您的幸福

（四）

嘿，老妈

抱抱爱的温暖

如梦，如思念

幸福，快乐生长

（五）

嘿，老妈

偷着乐吧

因为您有我

棉袄暖到心尖儿

# 心的门

折断岁月的桥
心成了空壳
眼中奔腾的汪洋
淹没来时的路

风，吹过
关上，打开
打开，关上
心的门
咔咔作响

# 光阴未老

相遇最美的落日
缠绕在天边
开出醉色的橘红，辉煌斑斓
如同三月里的潮暖
与相思汇合
结出岁月的沉香，沁入心田

是谁，将柔情攥入掌心
小心翼翼，研成一池相思的墨
洒满一舟情深爱语
是谁，和着夕阳下的平仄
蜜意缱绻，把岁月里的怀念
写出摇曳葳蕤的诗行

蘸着橘红的醉意
我舒展，恰到好处的温婉
荡漾着心中的婀娜

就让这份美，沉入心底吧
把她融成绝句
趁着光阴未老，浅声吟唱

# 妈妈的唠叨就是一首流淌的歌

小时候

最怕的就是妈妈的唠叨

咬着牙

闭上眼睛

左耳朵听

右耳朵跑出来神游

没完没了

好烦啊

那时

我怎么懂得妈妈这份苦教

当我长大以后

远离了家门

很久很久才能跟妈妈见上一面

可谁又能体会

这思念是一种酸痛的煎熬

想着妈妈的味道

想着妈妈的手擀面

烙的热馅饼

亲手做的花裙子小棉袄

总是让我美美地

想着妈妈一切一切的好

想着妈妈喋喋不休的唠叨

想着离开时妈妈淌如涓水的泪

那不舍的牵忧

都留给了无休止的思念

当我的生命有了延续

我也继承了妈妈的唠叨

我也懂得了儿行千里母担忧

那一切的一切又在重复着演绎

心中有了太多的对妈妈的愧疚

喜欢回家探妈妈的倒计时

喜欢看妈妈开心大笑

喜欢听她重复地讲述同一个故事

一切的一切都是那么美好

又是那样珍贵

请珍惜别放手

我要把妈妈的爱汇成河

妈妈的唠叨就是一首流淌的歌

摸一摸手腕上的脉搏

听一听胸腔里的声音

招牌的眼神，微笑

招牌的安抚

指尖滑动着，漂亮

如花朵绽放的字

轻柔温软却能撬动灰色的沉重

就像扯去阴霾的阳光


——选自《我把愿望放在你那里》

辑
三

我把愿望放在你那里

## 那些天，陪伴我的锦鲤

那些天，楼下满池的锦鲤
是我唯一的念想
它们自由自在，披着各色的花衣
摇着尾巴于池中穿梭嬉戏
它们习惯了穿着绿色条纹衫的人们
驻步，挑逗，喂食

毫不吝啬，我的所有空闲时间
都给它们
每天都把大块的吐司
掰得细碎抛给它们
然后把常来光顾的每一条锦鲤
分别命名

那些都是我喜欢的名字
我喊着它们的名字
鱼儿们欣然接受

然后把我抛撒的食物当作礼物疯抢
再摇摇尾巴致谢

我每天都在向人们炫耀
告诉人们它们的名字
每一个名字赋予的都是鲜活的小生命
每一条锦鲤的名字
又是陪伴穿着绿色条纹衫的我
度过那些天的
他和他们

# 我把愿望放在你那里

摸一摸手腕上的脉搏
听一听胸腔里的声音
招牌的眼神，微笑
招牌的安抚
指尖滑动着，漂亮
如花朵绽放的字
轻柔温软却能撬动灰色的沉重
就像扯去阴霾的阳光

棒棒哒，我说
我可以在你那里把心放下
不要怕，没事儿，你说
有我呐，很快就好哒
你的眼中泛着童稚的光
看得出那淡淡的光
是那么柔软，那么仁慈

终于，我在你那里

过了一个小小的夏天

再熟悉不过的字，如花

铺成绿荫下的小路，蜿蜒

平静，让我踩着梦

轻轻地走，捻花浅笑

告诉所有人

我已把愿望的全部

放在你那里

（写给尊敬的广东省中医院副院长张忠德先生）

# 猜一猜，我想对你说什么

猜一猜，我想对你说什么

我想深深地描绘你温暖的笑容

透过岁月的眼睛

你是无数人希望的客栈

忘不了所有的渴望与日夜兼程

在你沉着清澈的足音里

冲破无数次艰难的探索

忘不了你手中轻摇着从容

平凡而坚定的笔杆，在生命的航线中

拨开迷途中的阴霾

托起一个崭新的太阳

猜一猜，我想对你说什么

我想轻轻地朗读我为你写的诗

五个月，一百五十一天

攒下一个阴郁起伏直到完美永恒的故事

你如巍峨伫立没有凋残的大树

用美好，善良与无私释放出所有的深情
而我已是依偎在树上的一片小叶
从此，你那里是我圆梦的寄栖地
是人们欢欣安养的港湾
是梦的花园

猜一猜，我还想对你说什么
我想轻轻地，轻轻地告诉所有的人们
别怕，有德叔呐


（写给尊敬的广东省中医院副院长张忠德先生）

# 雨的语

（一）等雨

对面楼的外墙
被阳光闪得惨白
没有风
没有流动的空气

一个人
随着钟摆
摇着椅子
等雨

（二）雨来了

睡意
被雷声惊醒
雨落在玻璃上
溅出一长串水花

（三）雨是这样飘的

雨
是这样飘过来的
倾斜的水帘
从东向西
跑得很快
把雷声甩得好远

## 出来放一放风

今天没雨
阳光特别抒情
出来放一放风
把所有的绿色收割
装进眼底

分明是烈日炎炎
可是这里
绿荫遮天
几只松鼠在跳跃嬉戏
还有一群喊饿的鱼

还是寻不见七月的落花
踩着长满青苔的湿地
小心翼翼
一阵小小的欣喜
穿过林间

只为一点嫣红

衬在湖水的倒影里
心甜得像蜜

## 我要回家啦

脱下绿色条纹衫

换上许久没穿的长裙

再梳起高高的发髻

照一照镜子

前后左右

挑起眉眼，笑啊

只对着自己


心就要飞出去了

是的，我要回家啦

告别这间陪我心跳的房

告别那群粉色的姑娘

还有再熟悉不过的白大褂


留下一束精选的玫瑰花

红灿灿的心形，给他们

晶亮的水珠儿不停地闪动

像我的梦在诉说
是的，我要回家啦
带着我和他们的故事
带着一颗感恩的心

是的，我要回家啦，回家
扬起高高的发髻
掩不住的喜悦
飞过透明的早晨
飞过有着来苏水味道的早晨

## 亲亲，萨陆迪

拉开窗帘，打开窗门
烛光与灯火相汇
循环的香颂弥漫，如烟
豪饮一杯玫瑰色的酒
让爱与美好在唇齿间绽放
空气于足下旋转，升腾

杯身之吻，犹如触碰着你的身影
那是月下依依的青春年少
那是彼此牵手的暮年时分
倾尽一生的缠绵
饮醉一生的眷恋

此时，我们彼此沉默
摇晃着玫瑰色的影子
我们，只用彼此的目光交谈
把错过的所有倒于杯中，饮尽

你懂，我懂
亲亲，萨陆迪

## 风起的日子

清冷的风

从秋的脊骨穿入

刺痛黑色的眼眸

一抹抹菊黄

铺满白霜

稀疏的草色

掩盖了风姿摇曳的日子


于是，合上书本

尽管有几页没有看完

还有一些没有读懂

或许答案在更深的冬色

于是，折叠起岁月

放在心口上取暖


或许有一扇窗通往阳光

她可以晒干

躲在角落里的忧伤

仿佛要发生点什么
于是，双手合十
眯着半醒的眼睛
我看见，天空
已经成了冬天的背景
合上的书本
被风掀起颤动的扇面
一页一页沙沙作响

风是那么凉

# 寻梦而来，不需归途

初来，掌心落尽飞花

缓缓地，又被江南的细风吹散

轻轻地踏进你熟睡的梦乡

一种久违的，淡淡的思绪

一种淡淡的惆怅

揉进窗扉下柔软的故事里

不经意间

我被卷进你的心弦

于波心曼妙，起舞

我知道，你是那个弹琴的人啊

我是那个远程归来的女子

一曲悠悠小调

泛起微微波澜

若隐着留香的软语

初来，轻触如梦飞花

释放出美丽的牵念
我愿沉醉于你的梦乡
留下柔软细碎的足印
感受似水时光，慢淌轻流
你不来，我不走

寻梦而来，不需归途

## 九月，我要去远行

用秋天的眼睛
于指缝中窥尽秋色
小心翼翼
数着落叶脉搏的跳动
描绘落叶凄美的倾诉

恋上秋的风景
听一听雨的心声
用秋的诗句
讲一讲关于你的故事

或许擦肩离散
或许相遇繁华
或许独守落花的萧瑟
我想我该转身微笑
我该扬一扬手
挽起泛黄的流年

九月

我要去远行

## 一段江湖，一场漂泊

那似真似假的故事
我怎么能分不清楚
其实明知道是谎言
只是装糊涂不在乎
唇齿之间太多繁华
掩不住内心的荒芜

再美的宴席终会散
一段江湖一场漂泊
为你我选择的沉默
千回百转后成孤独
谁人还原前世的我
谁人还我笑或是哭

长长短短还有多少旅途
深深浅浅的记忆成永恒
起起伏伏捺不住的人生

凡尘落素怎敌流年如初

算了吧还是微笑吧
人生倘若是一出戏
且当相识是戏一出
别畏惧放下那不舍
就算前方路仍坎坷
静守淡然真我情愫

再美的宴席终会散
一段江湖一场漂泊

# 快乐的偷渡者

（一）

在单纯和幸福里

我找到了自己

找到了快乐


（二）

我是快乐的偷渡者

踩着时光的年轮

从东西到南北

依依不舍


（三）

思念

是一种味道

是一种焦灼

是等待

你快乐吗


（四）

抓着星月

在羊肠的山路上

忐忑不安

兜兜转转

上山下山


（五）

中秋

你想的是月亮和兔子

我想的是你

（六）

李白的花间独酌

杜甫的满月镜

无需举头

无需垂首

我只恋你杯中的娘酒

# 梦与醒之间

仿佛在梦与醒之间
剩下的半个太阳
正悄然离去
余晖中
映着你安静的背影
沉着而优雅

你喜欢看落日
喜欢看一抹抹橙红的霞
与天际相连
你在收集遗落的记忆
捡拾来不及回味的青春
用浅唱低吟的柔情
唤醒沉睡的昨天

仿佛还在梦与醒之间
你把光阴的故事

藏在怀念里回放

安静着，美好着

留恋而陶醉


我知道

你会在梦醒的时候

找回迷失的自己

淡泊从容

依旧用纯真的遇见

托起一个崭新的太阳

## 一个人的旅行

你的思绪我捉摸不定
就像在黑夜我看不清你的眼睛
猜不透你说谎的爱情
就算是谎话我仍然会假装地听

装作看不清的眼睛
再光亮的白昼也是黑夜
装作听不见的耳朵
再美的旋律也无法动听

为什么灿烂那么快就凋零
你给的曾经刹那变成泡影
不再听，害怕感伤在黑夜里凝固
不再问，害怕冰冷在回忆里搁浅

要走就走吧
缘尽的始终会告别

繁华之后孤单背影

变成一个人的旅行

# 风的女儿

我没见过风的模样
但是我感受过风
从轻柔到热烈的哼鸣
看着风掠过枝头
树的风姿
从舒缓到婆娑旋舞

我还看着风,吹着翻卷的云朵
由近到远，很远
由低到高，很高
真的，我来不及采摘

我没见过你的模样
但是我可以
把自己化作一棵树，一片云
于天地之间
千年不朽

等候着和你相遇

于是我终于，终于等到了你
天使般的模样
天使般的翅膀
带着我听不懂的音乐
摇着我放空的身体
从安静到沸腾

于是我们心贴着心
一起上路
一起离开
又从沸腾到安静
人们都知道
你是风的女儿

# 他们在打捞一首诗

时代很远了

这已是屈子纵身一跃之后的千年

汨罗江水还是那么深

思念依然那么沸腾

一条条龙舟冲破江水

鞭炮伴着喧天的锣鼓

岸边的女人和孩子的欢呼

浓浓的艾香

把我的思绪我的眼睛我的文字

在五月里凝固

画面渐渐泛白

躁动的船桨

激昂地拍打着水花

他们在寻找

他们在打捞

年复一年的这一天
他们仍然不停地寻找打捞
他们在打捞一首诗
一首千古绝唱

# 近一些，再近一些

谁知昨晚的夜色燃烧多久

又何时熄灭

我只知道，在蒙胧中隔着雾湿的梦

您来看我，目光慈祥，温暖

于是，我铺开尘封已久的流年

伸出期待的双手

近一些，再近一些

我们向着对方靠近


所有过去的岁月

深深浅浅，满溢的幸福

所有过去的岁月

住在心里，浓浓的思念

每一次，您的目光，微笑

您说过的话

我都编成一个故事

收进记忆的城堡

然后，在每一次回顾里
都鲜活，都美妙，都依依不舍

您走了，踩着流年渐渐远去
我却来不及给您一个拥抱
来不及给您一个轻声问候
只能在雾散渐白的天空下
倾尽所有的力量，呼唤
长歌不歇

近一些，再近一些
我们依然向着对方靠近

# 喃喃细雨

（一）

我把一切关到窗外

包括细小的杂念

甚至尘埃

雨丝依然绵绵


（二）

蛙儿游进莲的伞底唱歌

直到黎明

觅食的鸟儿纷纷出巢

雨声仍然不断


（三）

莲儿醒了

抖落身上的雨珠

默默地撑起一把伞

绿油油的

# 霞辉

霞辉，又把微澜的江面
涂上金红的色彩
我面向我的天空
舒展，心底激荡着的顾盼
是热烈的火红
或是一种美的和谐

忘掉所有的烦忧
依然像个天真的孩子
要把这种热烈，这种美
环抱在怀里，轻轻释放
与你安享
等你谜一般的眸子
闪烁出丰盈的光芒

# 又见月季花

太阳下山的时候
我又来看你
真的
我无法阻止
你的旖旎

花瓣层层叠叠
色彩缤纷
簇拥着
我满眼的贪婪
不舍得放过每一朵花的艳丽

风在轻轻地吹
你翩翩起舞
犹如含羞少女的身躯
婀娜而又脉脉含情

淡淡的诱人的芳香

撩拨着我的心

泛起阵阵涟漪

甜的

心是甜的

像蜜

## 斜倚轩窗剪孤影

斜倚轩窗剪孤影，
又见冷雨入西风，
清萧瑟瑟落残红。
此去经年人未醒，
万顷离恨梦难成，
弹指悠悠泪纵横。

# 今夜，月儿正圆

今夜

我将点燃灯火

把思念揉成细软的沙

想让你看见

那低垂的眼眸

无法抵过相思的缠绵

原来日子过得很快

只在呼吸之间

穿过了弯弯曲曲的流年

来不及学会浪漫

来不及细品昨天

直至辗转经年

才发现那里有心如夏花的绚烂

也有满地落黄的秋殇

却不能流连忘返

我想那应该是永恒

是期待

是眷恋


今夜

我将点燃灯火

把思念写成蜜意缱绻的诗

把时间还给时间

让浪漫在字里行间驻足

一半有你

一半有我


今夜，月儿正圆

# 梦游

（一）

你叫不醒我

是因为

我还来不及收回

那出游的魂魄

梦里兜转交错

怎么也找不到路的出口


（二）

白天在梦游

夜里

我却醒着


（三）

说着含糊不清的梦语

磨牙
手舞足蹈
顷刻
喜怒哀乐
冲出魂魄

# 雾散梦醒

（一）

江岸，春色初妆

柳丝痴缠

掩不住过往岁月的印染

年又一年

（二）

江的那头

是我隔着灯火的眼睛

划动的双桨，穿过迷雾

闪耀着玄妙的光

人声，曲声

幻影层叠

却又稍纵即逝

（三）

躲在黑夜里的梦

如同飞鸟掠过天空

黑色的羽毛，翅膀不停地

抖动，呼呼作响

（四）

我只是一个过客，匆匆

烟消散后，退尽风华

用一颗静美的心

坚守岁月的信念

听，唱歌的那个人

仍然是我

（五）

或喜或悲，或哀或乐
直到把时间燃成灰烬
化成风，化成雨
摊开空空的两手
寂寞成一条直线


（六）

为拥有曾经欢喜
为离别曾经哭泣
生死两端，彼此成岸


（七）

随风，用我的相思
编织一条长长的彩虹
把美丽贯穿于世间

# 风吹不动的旗帜

一不小心
恋上秋的斑斓
恋上醉色晚晴
恋上枫叶浓时的霞红
直到一切都被卷在西风里离去

有多少留恋和不舍
有多少难以忘怀的思绪
已经化成三千泪滴
融成一抹抹嫣红
淹没霜染的浓秋

素笺里写满秋色从容
其实我只想用心墨自如的柔情
释放出卷帘痴情的寂寥
燃尽流年的萧瑟和隐痛

今夜我将种下一束繁华

种下一千个梦想

用沃土滋养

一个关于秋天的故事

用凝露浸染的红潮

竖起一面风吹不动的旗帜

## 请给我一支烟

都说寂寞会唱歌
比如一个人
静静地发着呆
比如一个人
星月之下的独享月色
比如一个人
双臂抱着膝盖
躲进某个角落

比如我
一双满怀心事的眼睛
背对着阳光
一杯清茶
一行浅字
把你写进故事

比如我

梦游的时候

可以疯癫可以任性

平静的躯壳

在念一个不醒的魔咒


请给我一支烟

欢喜，雀跃的喧嚣

依旧，我们一起描绘幸福的轮廓

我们一起细品春天的味道

明朗而又柔和，我们一起

从春天里走过

看花飞花落，看细水长流


——选自《细水长流》

辑四

细水长流

# 细水长流

春天暖了，花儿开了
缤纷荡漾的美好
那风儿，卷着爱恋的歌
诉说着
我要说的所有

双手合十
轻轻地许一个愿
像埋下的一粒种子
在柔软的土里
生根发芽
结出一个你的模样

我的虔诚
在寂静中发出声响
就让幸福慢慢地生长吧
即使我的力量卑微单薄，孤楚

但我不会去感受无奈，迷茫
我会小心翼翼陪着你
看春天，看草长莺飞

欢喜，雀跃的喧嚣
依旧，我们一起描绘幸福的轮廓
我们一起细品春天的味道
明朗而又柔和，我们一起
从春天里走过
看花飞花落，看细水长流

# 十二个月十二首诗

一月

我在用力地追赶着风

却被风卷起

颤抖的冰面上

我无法停住脚步

只能在风的漩涡里打转


二月

北方有雪，南方有雨

同一把伞

同一片天空

或者我去或者你来


三月

在复活的春泥中开花

桃花，樱花，海棠，月季花

如少女般的笑脸

羞答答的

人间四月
在烟雨的江南
你门前初嫩的细柳
和着风的柔软
思绪翩翩

五月
一曲《离骚》
足够传世的惆怅

轻触六月的肩头
蜂飞蝶舞
写一串落英般的文字
甜蜜的心酸的
留下一生的牵挂

我以为

我可以遇见你

七月的荷花池前

轻柔的脚步，徘徊

安静地等待

直到许久之后

默默地回头


八月

又一个八月

桂花酒浓

我把自己当作瓶中的酒

你做了我的酒鬼


原来九月那么多情

我也那么认真

把写满情诗的枫叶

寄去远方

随风，渐行渐远

十月

涂着金黄到深红

斑斓一季

仿佛为我们的青春

喝彩

十一月

触摸着凄美

品味一次诀别

带一片故乡的银杏叶

远程，跨过蹉跎

在流年中沉淀，苏醒

夜睡了

顶着又大又圆的月亮

做一个梦

把十二月卷进被窝儿

甜蜜

刚刚好

## 春的使命

天空被昨晚的雨
洗得干干净净
岸边的树
晃着瘦细的枝条
抖落着肩上的云絮

杏花开了
踏着风的翅膀
颤动，凝露般娇艳
花的心，花的蕊
渗出一堆情话般的幻想
不经意的凌乱

擦肩而过
我不敢回头张望
谁知道我们还会不会被时间捉弄
千疮百孔后的你我

还会重逢吗？

或许生活就是一首诗
诗里的伤愁和哀乐
是花，是梦，是造物的神灵
我不敢奢望
生活里所有缤纷的情绪

那就顺其自然吧
唯一的，那美丽的虔诚
那一种静泊的顾盼
你看，她在笑，仰着脸
那淡淡的红粉
那一点点，千疮百孔后的重逢

# 三月的外衣

拨开三月的外衣
穿行于嫩绿蒙胧的诗韵之中
玉兰花醒了
满树堆雪，高雅而神秘
粉面桃花，轻展笑意
几分腼腆，几分矜持

轻扣还暖的大门
摇醒那些蛰伏着的生命
模糊的记忆正在悄悄复苏
那里，有你和你的歌声
恬静，柔美
一股股暖意里升腾

这一次，我不再匆匆赶路
我要轻轻驻留
和你一起，看樱雪曼妙的舞姿

赏枝桠悄悄初长的新芽
听一听潺潺水流的声响
和你一起，
做一个又一个五彩斑斓的梦

# 或许，风可以再柔软一些

我在想
这个季节的情绪
如我，清晨的梦境
迷离
数着曾经挥霍过的日子
画着一颗还没有长大的心
在无数次不舍中漂泊
有风，有雨
漩涡，热浪
终究于斑驳的光阴里缄默

或许
你我都是风的孩子
穿梭于天地之间
我们可以随风驻留
我们可以随风而逝
即使是黑暗，是泥泞中的挣扎

但是，从不甘心把人间的故事
匆匆略过，错过

风，能载走什么
悄悄的，隐匿于星辰
忘却迷茫，忘却寂寞
风，能留下什么
或是在记忆的缝隙里
填满欢颜梦语
悄悄的，如我
或许，风可以再柔软一些

## 四月的情绪

（一）

我想把你的谎言
当作一首情歌
用你的美丽迷惑自己
直到被过往折磨得淋漓尽致

（二）

时光在走，我们在走
或在经年的一角，做个留白
等你刻下，铭心刻骨的聚散离愁
你懂，我懂
相知莫弃，相惜莫离

（三）

恋上一座城

让我流连忘返

恋上故事里的你

随风，随梦

半睡半醒，挺好


（四）

我像一个迷路的孩子

伫于岁月的岸边

喊着你的名字

唱着古老的情歌

思念的藤蔓很长，很长

# 又见五月

（一）月季花

月季花
终究没有被最后的
一场春雨折服
安静而典雅
胭脂般的花瓣
如同少女眉间的
点点朱砂

风拂过的那一刻
千姿百态
如蝶起舞
不经意的瞬间
你含笑
醉得妖娆妩媚

（二）蔷薇花

行走于花间

远远近近

凝望

回眸

沉醉

一簇簇明媚

沉甸甸的

娇羞

柔美

伴着梵音如缕的香气

蔓延

这是五月的诗

五月的蔷薇

极美

如画

淡淡的水粉

我为你

痴迷

我为你

一世流连


（三）又见柳叶


你看见了吗

柳树的叶子又长大了

从嫩黄到葱绿

她依然甩着长发

轻抚着我的发梢

浅浅呢喃

依依不舍

（四）太阳还没有下山

太阳还没有下山

月亮就悄悄地爬上天顶

一群群燕子

叽叽喳喳地盘旋着

要把月亮摘下

带回家

（五）不老的故事

依然是远亭

石径

熟悉的汩汩水流

花草的清香

染旧的时光

绘成一幅画

写出一段段儿时的故事

等我老了

读给孩子们听

## 小满

又见小满柳长绿，
江南江北夜莺啼。
谁家有女初长成，
闲来端坐赏花语。

# 夏天的味道

梧桐婆娑
和着波光中的霓虹
起舞
秋风是暖的
仿佛还有夏天的味道

我们面对面
安静地坐着
不说话
慵懒惬意的美好
赶走了一天的疲倦

江的那边
高耸旖旎的"小蛮腰"
已近阑珊

# 暑伏天

（一）

害怕被太阳的热情包围

所以我头顶着手帕

一路小跑

（二）

青蛙躲进冒泡的水池里

它喊破了嗓子

始终不肯出来

（三）

popo趴在窗台不停地喘气

舌头伸得老长

汗滴答滴答

（四）

树叶纹丝不动

窗纱纹丝不动

我呆坐着纹丝不动

风扇转个不停


（五）

江面被晒成白色

如同一面反光的镜子

## 那一季，我们随波逐流

我是一舟风枯的叶
从羞涩柔暖的季节
到秋雨慢慢滴落
所有的痕迹
暖的，冷的
都浸透我的脉络

我是万千落叶中
最渺小的那个
美丽过，芬芳过
你来过，走过
你抬着头看向天空
却始终看不见我
直到我落地成秋
身上铺满霜白

是啊
遇上了遇上的
便是缘分
失去了失去的
就是永久
你始终看不到
为什么我会紧锁眉头
为什么我会流连深秋

我多么渴望
那一季
风很轻很轻
你的脚步很慢很柔
那一季
你在我的天空下驻留
你在风的故事里
我在你的梦里

我多么渴望

那一季

我们随波逐流

# 秋天，我的女王

（一）

拂着绵绵的风

一只硕大的蜗牛在唱歌

身后划出一条弯弯曲曲的小道

闪着细软的光

（二）

太阳的余晖

铺在天的那头

是橙红色的

（三）

叶子变黄了

低垂眉眼

倒数着时辰

在向昨天告别


（四）

太阳下山了

鸟儿们在空中呼唤

池水中的残荷即将安睡

餐台上已经飘起浓浓的饭香


（五）

太阳单纯得像火

把时间燃尽

谁都带不走


（六）

秋天

我的女王

她结的果子都是我爱吃的

比如葡萄、雪梨和苹果


（七）

脱下秋天的外套

落叶残荷

风景依然凄美


（八）

轻轻推开

别离时的忧伤

蓄满一池思念

等你来

# 秋的幻想

（一）

叶子和花

都落在地上

厚厚一层

（二）

金黄的色彩

是秋天的嫁妆

阳光和雨

是秋天的伴娘

（三）

雨

不大不小

微凉

（四）

这是一个

最美好的季节

天高

云高

梦想会疯长

（五）

你摇着树

熟透的枣子摔下来

落在地上

啪啪作响

（六）

窗外的树梢

扛着又大又圆的月亮

轻轻摇晃


（七）

被阳光的羽毛触醒

睁开眼睛

梦就飞走了


（八）

秋虫不停地叫早

对着天空

快起快起

早起的虫儿有鸟儿吃

# 一千种思念，一万种感动

又一场金黄的光景

潋滟了一城秋色

从太阳升起到落日的余晖

一个缤纷的梦幻

在流年的禅韵中苏醒

不再青涩的纸笺

沾满痴念

蓄满整个城池

这一刻

我有一千种思念

一万种感动

也许最单纯的还是对从前的怀念

这个从前是从容而又肆无忌惮

也许我该是一个守望者

不管是对过往还是将来

就像一个船夫

始终需要沉着冷静地面对风浪

也许我们不需要讨论生死

也不需要讨论轮回

也许我只需要这一刻

踏着梦幻

撑渡明媚的时光

在禅韵中

任缘起缘灭

岁月流淌


风安静着

心如云卷

# 枫

霜染枝头秋意浓，
清月窗棂弄花影。
似水流年情真处，
醉色林枫别样红。

## 秋的漩涡

银黄的杏叶
于枝头沙沙颤动
直到用尽一生的爱
穿过阳光的影子
在云海之下翻飞起舞
和着风
汇成金色的湖

终于在某一天
我迷路了
揣着满怀心事
裹在金黄的季节里
被一阵风
卷进了秋的漩涡

## 秋的离歌

秋风醒了，带着一股清凉
吹来一曲远方的离歌
倾诉一个柔肠的故事
记忆的碎片如千里飞花，纷扬

秋风醒了，穿过九月的月光
摇着叶子在笔尖下蜿蜒，徘徊
灯影下的眸子里
为什么掩着思念的泪珠儿
不是吗？细数流年过往
窗外飞花缠绵，怎忍落地成殇

# 十一月，我该做些什么

十一月
我该做些什么
我是不是该伴一曲冬眠的乐章
找一处褪色的山水习作
可是，不安的心
总在风中瑟瑟游荡
而风又是那么轻狂

也许，那里
有人在围炉取暖
有人在燃灯守望
斑驳的岁月已经渐皱泛黄
而我在等候

一行雁鸣，南飞争渡
还有那尘世失醒的残梦
于千回百转中生长

理还乱的思绪
牵引着孤独与惆怅
我向北，再向北，无尽的遥望
杏叶凄美
红枫妖娆
尚存余温的白杨
霜雪间凝成一句句诗行

十一月
我该做些什么
我想，我该与你执手
拥一缕霞光
踏过风雪沧桑

不在乎繁华之后的红尘
即使在深冬的季节
也温暖也欢喜，如春风
来得不声不响

## 秋天的故事

像以往一样
我走在芬芳里
噢，不，在我转身的时候
金黄已漫过我的眼睛，仿佛
没有约定的你如期而至

你踏霜而来，用微笑代替问候
目光在平静中升起炽热
如阳光洒下的丝带
向心的深处缠绕
于是，我不停地向岁月里张望
听那呼唤
在寂静的耳畔回响，升腾

脚下的地已经冰凉
疏松的柳枝呜咽
你看啊，渐瘦的花影

飘零成纸鹤

如经年的秋天，正漫过我的霜鬓

我一遍一遍地打开你的名字

就像点燃一颗一颗温暖的萤火

# 这个冬天，来得漂亮

不大不小
一场细碎的雨
化成一场淡淡的微凉
有你的那扇窗前
还残留着秋天的画面
渐行渐远

都说这个季节
适合思念
适合收藏，一世情缘
于梦中辗转
温暖而缠绵

余烬犹温的岁月
任凭风摇着枯黄的冬天
别在乎所有的苍凉与悲怆
让忘却的就此忘却

我想，你一定会等到花开的时候
解开思念的绳索
轻轻触摸酥软的心房

而我，会为你掬一捧心声
执一笺笔墨涂染
轻风细雨般的安详与平淡
不是吗？因为你
这个冬天
来得漂亮

# 白露

告别了夏的沸腾

轻抚秋的面庞

风微凉，叶微黄

白露莹莹，凄美成殇

寂静的岁月过往

总是堆满渐黄的沧桑

放不下的心事儿呀

又总是在心里跌跌撞撞

南飞的大雁

衔着渐红的枫叶

翩翩起舞的翅膀

扬起爱意融融的帆

深深浅浅的思念呀，故乡

梦里兜转着青涩时光

快，去找回那熟悉的身影

快，去找回那魂牵的难舍

是回家的时候了
你看那，剔透如玑的露珠儿
于光芒下闪烁
清风徐徐，吹过街口的小窗
真的，那不是梦，那是母亲的身影
那是母亲深情遥望的目光

# 寒露

终于
风摇着叶子，穿过流年
色彩斑斓地铺满秋的面庞
像一幅画，把眷恋缱绻的昔日
吹进秋天的梦

渐凉的露滴
早已凝成诗意的眸子
如灵动的星盏
依然蓄满温热的光

于是，微闭双眼
双手紧紧环抱着自己的我
使劲儿地思念
哪怕每一个蒙眬的细节
都要想得彻底，想得生疼
直到泪水蜿蜒

是啊，你可知道
我正蘸着一点寒冷，一点忧郁
给你写信
一封很长很长的信

# 冬雨
## ——我在归途

（一）

这场雨

来得不动声响

静悄悄地

浸透一树一花的浪漫


直到风声造次

即使隔着窗

也能感觉到它的疯狂

猝不及防的寒冷

冰到指尖


（二）

潇潇细雨

淋湿了窗外的黄昏

静默的思绪

在刹那间搁浅

云是灰色的
犹如静默的莲
隔着窗，隔着雨
默不作声朝着我的方向
涟漪，扩展

（三）
不眠的眸子
在雨夜中穿行
如绵长的灯
让黑暗毫无遁处

（四）

我在归途

烟雨迷离的风中

打开所有的日子

用一场又一场的雨

洗涤，淋漓尽致

懂得或者不懂

完美或者残缺，也许

风雨过后的世界

一定会更干净

# 没完没了
——冬至

（一）没完没了

每一个白天
我都向着未来加油
孩子，车子，房子，
一个建设银行还不完的房贷
一辆车子加不完的油
一天三餐做不完的饭

每一个夜晚
我会更多地活在从前
我爸，我妈，我弟
衣来伸手饭来张口
撒娇耍赖全家哄
掉到蜜里还不觉得甜

（二）冰棍儿里的秘密

三九天的风
可以刺破喉咙
小巷里的灯也不够光亮

那年我五岁
闹着要吃冰棍儿
爸爸扛着我
躲在穿堂风的门口
偷偷地吃

多年以后的追忆
我把这个秘密交代给我妈和我弟

（三）说

一儿一女一枝花
我和我弟
我爸我妈经常这么说

我妈疼我弟多一些
我爸疼我特别多
我经常跟我妈这么说

老有所依
闺女和儿子特别孝顺
我妈经常对别人这么说

我妈我爸都特别疼我
我弟也让着我
他们都包容我无理的霸道
我经常对先生这么说

（四）爸爸做的饺子

醒醒，快起来吃饺子
茴香馅儿的
又热又香
您的声音，您的目光
穿透了黑夜的风
我的眼泪又冰又长

## 下雪了，好么

桃花瘦了又瘦
像极了腊月的梅
裹满冰珠儿的嫣红
又像极了垂涎欲滴的唇
终于，在四月的雪里
冲出一首歌

细碎的冰花阳光下招摇
锁住落英缤纷的流韵
枝头在春风里躁动
淡淡的忧郁中
讲述着昨天的故事
你是那个主角，好么

时光瘦了又瘦
闭上眼睛，轻轻吟诵这首歌
唤醒沉睡的过往

紧贴着久违的温暖

柔软，熟悉而又陌生

嗨，下雪了，好么

# 向岁月致敬

夜清清浅浅

怡香氤氲，捻梦为花

折叠起岁月的翅膀，辗转

走过红尘，轻吻昏睡的时光

花影蹁跹，摇曳着万千思绪

搁浅了颦眉浅笑中的漫画风姿

一串串诗行如涓涓溪水

流淌在光阴的故事里

演绎着千年承诺的守望

一年，一岁，一岁，一年

弹指即成永恒

又有谁能逃出流年的网

即使容颜已渐渐变得模糊

即使岁月荏苒，世事沧桑

我们依然行走在路上

带着眷念，带着渴望

带着从容的微笑

带着未完成的梦想

感恩一切

失去的或者拥有的

用无悔的心

向岁月致敬

后记一

忽然不知道该怎么写这个后记了。

或许这是天意，肺炎折腾了小一个月，终于在父亲节的今天退烧了。

对于很久没有拿起笔的我，思路也近乎迟钝。但是，思念的一切却很清晰。

这是我的第三本诗集，一样还是献给我亲爱的母亲。不为别的，是为我在天堂的父亲，我最亲爱的父亲，微不足道地尽一份孝道。

母亲喜欢看父亲写的诗，所以我会继续写下去，让母亲高兴。

真巧，明天又是端午节。外面的鞭炮声声不断，锣鼓喧天，望着江心为龙舟比赛彩排的艘艘龙船，我有点惬意，心里自语：父亲，屈元，字慧良。以前爸爸在的时候，我总是跟他开玩笑，让他告诉我，到底他和那个屈原有没有渊源，我想寻根问祖。不然，为什么父亲写的诗也那么美呢？

我想，在这本诗集里，留下更多的是温情。不论亲情，友情和爱情。慢慢体味人生的幸福，一切都是淡淡的美好，日子也要慢慢地过，一切随缘，细水长流。

最后，我要感谢这本诗集的策划杨亚基先生，特约编辑王俊先生、李楠女士，特约插画马玉亭先生，在本诗集的编排整理过程中的支持和帮助，感谢杨亚基先生在我写作过程中给予鼓励和建议。

波儿

2018年6月17日父亲节

后记二


终于，我的第三本诗集《我把愿望放在你那里》出版了。

这本诗集的出版，由于我的生病，从住院到出院，时间上的延误，却让我有超出预想的如愿以偿。

最初，这本诗集的名字叫《飞花擦肩》，主打亲情与浪漫情怀。但是，在我生病过程中，可以说给我人生又涂染上一笔情感的重彩，我不能不说，不能不写，不能不为之动容。那就是我要感恩的，不仅是感恩我的生身父母，也不仅仅是单纯地为了让母亲开心再出这第三本诗集。更重要的是我还要感谢一个人，我的主治医生，广东省中医院副院长、教授张忠德先生，大家都称他为德叔。他很棒，因为他，我有了人生中更深的感悟；因为他，我用心写下了《我把愿望放在你那里》《猜一猜我想对你说什么》《我要回家啦》等，每一首诗里都有我在住院期间的很多故事，从焦虑不安、痛苦、期盼到心定如神，满满的自信和喜悦。不得不说，加入了德叔和我的故事，这本诗集有了更深一步的人生感悟，而我更多的是感恩，幸福感满满的。在此，我要对德叔说：因您，我的人生更加多彩，经历过，我更加懂得珍惜！而又因您，我把诗集更名为《我把愿望放在你那里》。

在这里，我还要再感谢一个人，他就是我家的户主，我先生。在我生病期间，他不仅担负着工作上的重重压力，还要为我的病情担惊受怕，隐瞒所有的我的未知，以至于在病后知道一切的我，终于用《鸢尾花》这首诗感谢他。其实在现实的生活中，除了柴米油盐酱醋茶之外还应该加多一点小小的浪漫，对吧？

在这里我还要借着这个后记，感谢我的伙伴们，他们在我重病期间陪伴我，为我落泪，为我欣喜。因为你们，我有了《那些天陪伴我的锦鲤们》。

这本诗集的故事太多太多，要感谢的人也太多太多。遇见你们，我，感恩一切，感恩遇见。

波儿

2019年2月19日

正月十五我妈生日这天，我在北京

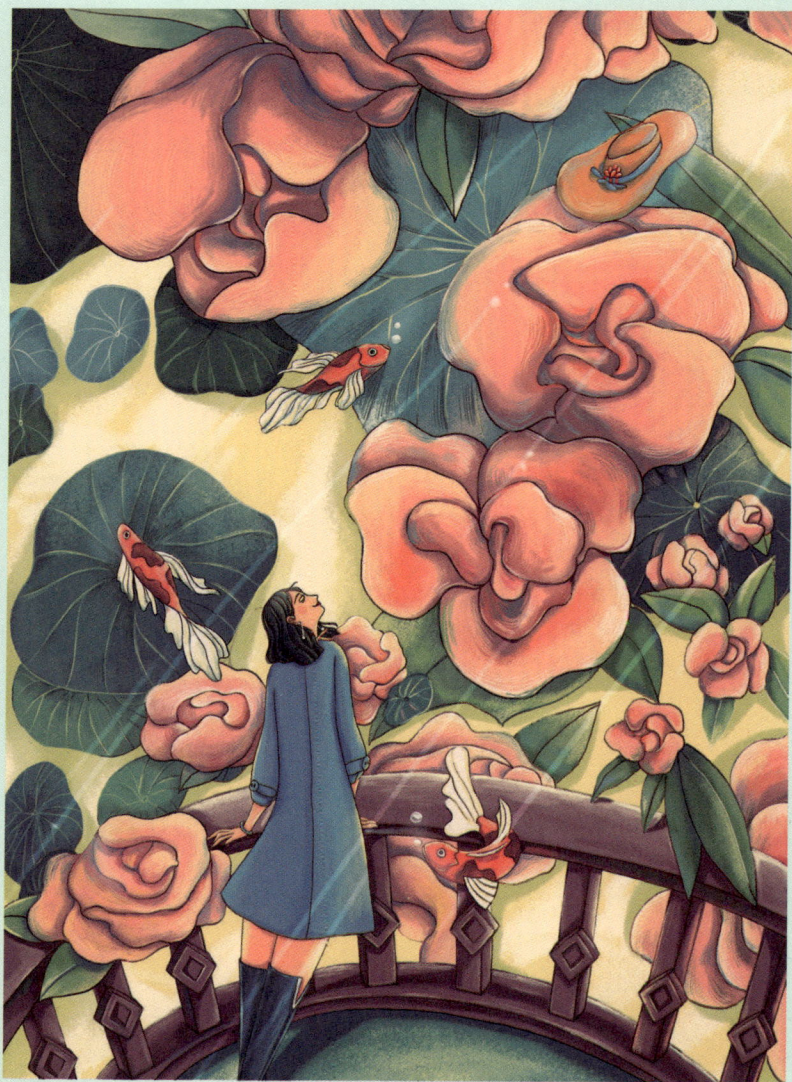